청어詩人選 322

풍경이 머무는 원두막

오점록
시집

청어

풍경이
머무는
원두막

오점록
시집

시인의 말

첫 번째 시집 『쉼표가 머무는 해우소(解憂所)』(1999년)
두 번째 시집 『나 머물던 그 자리』(2011년)
세 번째 시집 『풍경이 머무는 원두막』(2022년)
…

10여 년 주기다.

'배움은 끝이 없고 지식의 채움은 늘 허기지다'라고 들었
다. 살아가는 것도, 글도, 모든 게 그러하듯 숙성이 덜 되
어 미완성이다.
    우체국이라는 직장 생활을 즐기며 좋은 인연들을 맺었
고 또, 테니스와 문학이라는 인연들을 맺었다.
    퇴직 후 고향으로 돌아와 어머님을 모시겠다는 생각으
로 농촌의 풍경을 그리며 살고 있다.

    정신적 지주이신 어머님께서 2021년 유월에 가셨다. 모
두가 겪는 일이지만 세상을 잃은 듯 힘든 아픔을 겪고 있다.

직장과 시골 생활을 하면서 틈틈이 써온 글들이다. 돌아보면 참으로 '나는 행복을 타고났다'라고 생각하며 또, 그렇게 분수껏 맞춰서 살고자 한다.

　어느 글이 독자와 공감하고 어느 글이 미완성인지 나도 모르겠다. 세 번째 시집『풍경이 머무는 원두막』을 내면서 한 줄의 글이라도 공감하기를 바라면서 '무지가 용감하다'라는 말에 다시 용기를 얻는다.

　시집을 내면서 나의 동반자 양현경, 딸 민영, 병준, 박해영, 우리 가족들과 형제들의 도움이 컸다. 전 서울강동 예총 이광녕 회장님을 모셨던 인연이 있는, 오랜 지기 문우(文友)이신 '김민정 박사님'의 영광스런 평론과 출판사 '청어'에 감사드린다.

　　　　　　　　　　　　　　　－남원 아영 흥부골에서

가슴에 울려 퍼지는 소박한 농심(農心)의 순수 메아리

이광녕
(문학박사, 문예창작 지도교수)

문학비평론에 있어서 작가론과 작품론은 커다란 양대 산맥이며, 불가분의 관계에 있다. 하나의 작품을 이해하려면 작가의 창작 배경을 탐색해야 되는데, 이러한 면은 작가의 심성이나 인생관, 그리고 처한 환경과 직결되어 있다.

농심(農心) 오점록 시인은 지리산 정기를 이어받은 남원의 아영홍부골 출신이며 소박한 농부의 아들이기에, 그의 작품 또한 농심 어린 순박성과 진실성이 짙게 깔려 있다. 문단에서 오시인은 인품이 겸허하고 후덕하여 누구든지 가까이 다가서기를 좋아하는 친근감 있는 작가로 이름 나있다. 이번에 출간되는 제3시집에도 이러한 후덕하고 원만한 소박성과 진솔성이 작품 곳곳에 고루 깔려 있어, 독자들의 마음을 끌어들인다. 그의 작품 성향이 짙게 드러난 몇 작품만을 예로 들어본다.

낮은 언덕의 시인농장 / 사월 중순이면 / 붉은 꽃망울이 활짝 퍼지고 / 하얀 꽃 햇살 받아 눈부신데 / 연두색 움트는 오월은 천국이어라 / 구월 초순의 그 절정 / 주렁주렁 익어가는 사과꽃 속 / 곡차로 목축이며 세상사는 이야기에 / 웃음은 원두막을 쩡쩡 울린다
―「풍경이 머무는 원두막」제2연

'풍경이 머무는 원두막'은 아마도 작가에겐 웃음꽃 만발한 에덴동산이요, 무릉도원일 터이다. 시인은 그곳에서 자연과 함께 물아일체의 상념으로 농심 어린 시심을 한껏 꿈꾸며 일구어 내고 있다. 그의 작품세계에는 매화, 송이버섯, 담쟁이 넝쿨, 소나무 등 꽃과 나무와 풀 등이 많이 등장한다. 이렇듯 그의 시심의 뿌리는 자연이다. 그렇기에 '물길', '바람' 등도 인간이 그 순리를 따라 순응해야 삶이 순조로워진다고 노래하면서, 자연 순리에서 때 묻지 않은 삶의 원리를 체득해 나아가고 있다.

농심의 시를 읽으면, 노자(老子)의 무위자연(無爲自然)의 철학을 떠올리게 한다. 그를 대할 때마다 작은 일에 구애받지 않는 후덕하고 대범한 달관적 면모를 발견할 수가 있었는데, 이러한 성향은 그의 뿌리가 '자연스러운 것을

좋아하는 순수 자연인'에 접맥되어 있었기 때문이리라.

> 소중한 당신을 / 마님이라 불렀더니 / 번지는 미소에 자연
> 스레 나는 정승이어라 // 등급을 올려서 / 중전이라 부르
> 니 / 보조개 웃음 속 / 나는 자연스레 / 왕이 되었음이라
> ―「왕이로소이다」 전문

이 글은 두 수로 이루어진 연시로서 부부간의 관계를
왕실에 비유하여 점층적 기법으로 재치 있게 전개시켜나
간 솜씨가 퍽 인상적이다. 이 글에 나타난 바와 같이, 서
정적 자아는 심성이 아주 겸허하고 순박한 인간미의 소유
자이다. 성숙할수록 고개 숙인다는 들녘 낱알의 모습에서
얻어진 겸허한 섬김의 마음을 아내에게 적용하여, 그 호
칭을 '마님'에서 '중전'으로 격상하니 스스로도 '정승'이요,
'왕'이 되었다는 시상이, 섬길수록 자신도 높아진다는 재
치 있는 교훈으로 큰 감동을 제공해 준다.
  농심 시인은 농장에서 삽을 들고 있지만, 그의 가슴에는
늘 인정의 꽃이 피어 있다. 어머니를 그리워하는 사모곡
「어머님 여의고」에서는 가족애가, 「논두렁의 새참」에서는
풋풋한 막걸리 시골 인심이 넘쳐난다. 그리고 「그 꽃」에서
는 '네가 활짝 웃어주는 그 꽃' 오랜 세월 속 내 마음에 핀
'나의 그 꽃이여'라며, 낭만적 그리움을 절규하며 희구하
고 있다. 이렇듯 삽을 든 무딘 사나이 가슴에도 그리움의
꽃이 아름답게 피어 그 문향(文香)이 과수원 들판을 언제나

더욱 푸르고 향기롭게 하고 있으니, 그 농토가 바로 에덴 동산이요 무릉도원이 아니겠는가!

> 너에게 참으로 미안하다 / 무릎아 / 널 아우르지도 못하면서 / 절구와 공이가 되어 / 세월 속에 닳아지고 / 연골의 진액이 마르도록 / 나는 무심하여 할 말 없음이라 / 식은땀의 통증은 / 무언의 반항인 것을…
> ─「어느 동행」제2연

> 나는 / 철강을 달궈서 만들었다 / 등은 무디지만 / 앞은 예리하고 / 끝은 뾰족하나 / 생활 속 연장이다
> ─「어디에 쓸 것인가」제1연

흙냄새를 맡아보지 못한 사람은 먹을 자격이 없고 사람다운 인성도 부족하다. 농심은 남원 지리산 아영골이 배출해 낸 토박이 선비 시인인데, 그의 풍모에서는 언제든지 풋풋한 흙내음과 땀내음이 넘쳐흐른다.

그는 손수 산기슭 과수원 농장을 땀 흘려 일구고 가꾸어 왔기에 위의 글 「어느 동행」에서와 같이 무릎의 관절도 고장이 났을 터이다. 그는 위의 글 「어디에 쓸 것인가」에서 '나는 철강을 달궈서 만들었다'라고 회고하였다. 이것은 등은 무디지만 앞머리는 예리하고 땅에 부딪치는 끝은 뾰족하게 생긴, 호미나 삽과 같은 연장을 말하는 것이지만, 자신을 '생활 속 연장'이라고 노래한 것으로 보아, 농부인

자신과 연장을 동일시한 비유기법으로서 참으로 멋진 시적 표현이 아닐 수 없다.

농심 시인은 중앙문단에서 많은 문학 활동을 하고 있지만, 근래 들어 대부분의 일상은 시골 농장에서의 귀농생활로 일관하고 있다. 그렇지만, "나는 철강을 달궈서 만들었다"며 스스로를 연장이라고 피력한 것으로 보아, 그는 이러한 고단한 농사일을 수행자의 연단으로 여기며, 지리산의 깊은 숨결로 사유의 인생철학을 터득했을 것이다.

농심의 작품세계에서는 특히 도연명의 「귀거래사(歸去來辭)」를 흉내 낸 농암 이현보(李賢輔)의 「귀전록(歸田錄)」을 연상하게 되는데, 지상의 한 일원으로서 하나의 연장으로 헌신하며 인고의 세월을 엮어 나아가는 농가 선비의 정신이 반짝반짝 빛나고 있어 큰 감동을 준다.

오점록 시인은 흙냄새 물씬 풍기는 때 묻지 않은 순수 자연시인이다. 그는 자연 속에서 인생철학을 깨달아 배우며 그것을 시적 소재로 삼아 진솔한 시상을 펼쳐 나아가는 자연파 시인이다. 자연 순리를 따르는 순수 시인이기에 독자들에게 인간관계에 있어서도 남을 존중해 주는 참다운 섬김과 교감의 자세, 그리고 자연 섭리에서 얻어낸 신선한 깨달음의 인생철학을 선사하여 주리라 믿는다.

일찍이 예기(禮記)에선 '온유돈후시교야(溫柔敦厚詩敎也)'라고 하였다. 이번 시집 『풍경이 머무는 원두막』은 농심에서 우러나온 작가의 온유돈후한 품성과 자연 시심의 문향

이 아름답게 빛나고 있어 참신하고 정겹다. 가슴에 밀려
드는 소박성과 인간미 넘치는 교감의 세계가, 현실에 쫓
기고 있는 현대인들의 막혀 있는 정서를 노크하여 심금을
울려줄 것으로 크게 기대가 된다.

긍정과 희망의 시집 『풍경이 머무는 원두막』

김민정
(한국문인협회 시조분과회장, 문학박사)

들뜬 마음은 / 연두색으로 벅찬 숨소리 / 산이야! / 쉼 호흡으로 목청껏 불렀습니다 / 다듬어서 불러 보아도 / 응답하는 메아리가 반갑습니다 // 다스리지 못하는 마음 / 그 푸르름에 나는 묶이고 / 태산의 무게보다 / 이 중압감을 감당치 못하고 / 제동장치가 풀린 / 꺾지 못할 브레이크입니다 // 신앙의 힘도 / 정치적 이념도 아닌 / 덧셈, 뺄셈의 공식은 더 더욱 아닌데 / 오직 / 오월의 산을 바라보니 / 세상을 다 얻은 기쁨입니다
―「오월의 여인」 전문

오점록 시인의 제3시집 『풍경이 머무는 원두막』에 들어 있는 작품이다. 이 시에서 보듯 오점록 시인은 주변의 사람이나 풍경을 대하는 마음과 태도가 늘 긍정적이다. 오점록 시인은 늘 긍정적인 마음으로 주변의 가까운 사람들을 사랑으로 감싸고 보호하며 그러한 마음은 사물이나 자연을 대하는 태도에도 그대로 나타난다. 이번 시집에는 자연에 대한, 인간에 대한, 사물에 대한 그러한 그의 마음과 태도가 고스란히 작품마다 내재해 있다.

그는 오랫동안 우체국에 근무하다가 지금은 서울과 지리산을 오가며 시인 사과농원을 경영하고 있는 전원시인이기도 하다. 고등학교 때 내가 꿈꾸던 전원시인. 낮에는 열심히 일을 하고, 밤에는 겨울밤 시린 손을 호호 불며 시를 쓰던 '닥터 지바고'처럼 낭만적 시를 쓰는 전원시인이 되고 싶었다. 지금 오점록 시인이 그런 생활을 하고 있어, 한편으로 부럽기도 하다. 그러나 농사를 조금이라도 지어본 사람이라면 그것이 얼마나 힘들고 어려운 일인가를 잘 알고 있다. 그런데도 그 어려운 길을 그는 묵묵히 걸어가고 있다.

서쪽으로 가는 길 / 소품이 되어준 행주대교 / 잉걸불을 만든다 / 뉘엿뉘엿 넘어갈 듯 / 석양은 능선을 베게 삼아 / 저녁노을은 덧그림이다 // 이른 새벽부터 세상을 비추던 / 하루는 저물고 / 저무는 속에 / 활활 타오르는 불길은 / 짚

불처럼 사위어지니 / 사람들은 하루의 마감이다 // 이글거
리던 태양 / 사람들의 적절한 하루의 경계 / 매듭을 위한
절제의 약속 / 아름답게 하루를 마감하고 / 내일을 위한
휴식 / 시간적 여유를 서로 갖는다
―「저녁노을」전문

이 시 「저녁노을」에서 보듯 저녁노을을 노래하면서도 끝
이나 절망을 노래하지 않고, '내일을 위한 휴식'이라며 희
망을 노래한다. 마치 무사히 하루를 마치고 내일을 기약
하며 감사기도를 올리는 밀레의 '만종'을 생각나게 한다.
이렇듯 오점록 시인의 작품에서는 냉철한 이지적인 작품
보다는 생활철학에서 우러나오는 지혜와 따스한 인간미가
들어 있고 주변에 대한 긍정과 희망과 포용력이 들어 있
는 작품이 많다. 읽으면 마음이 편안해진다.
    오점록 시인의 제3시조집 『풍경이 머무는 원두막』 출간
을 축하드리며 앞으로 더욱 아름다운 작품 많이 쓰시기
를, 문운이 빛나시기를 기원한다.

차례

1부　자연에서 배운다

2부 신작로 꽃길

3부 꽃잎이 날으샤

4부 오솔길 산책

1부

자연에서 배운다

물길을
거슬러 가자면 힘이 들고
바람을
빗겨 가지 못한다면
자연의 섭리
자연에서 배울 것이다

그 사람

그 사람 생각에
너무너무 좋은 것인가
저 깊은 곳에 자리매김 한 것인가
생각과는 상관없이
나는 가끔
정해진 숫자나 그 부호를
자연스레 누르면
감미로운 목소리였다

죄를 짓고 붙들린 듯
화들짝 놀라서
할 말을 잃었다
그에게 길들여진 것일까
이제는
헤어나지 못하는 바람기
벗어나지 못하는
도화살, 에워싼 사슬일까

어느 동행

미안하다
그에게 너무 염치가 없다
생각 없이 그런 것은 아니지만
도움을 주지도 못하면서
그 고통을 모르는 채
가고픈 어느 곳이라도
싫은 내색 없이
나에게 편안함을 주었다

너에게 참으로 미안하다
무릎아!
널 아우르지도 못하면서
절구와 공이가 되어
세월 속에 닳아지고
연골의 진액이 마르도록
나는 무심하여 할 말 없음이라
식은땀의 통증은
무언의 반항인 것을…

자연에서 배운다

무엇을 꽉 움켜쥐려 하면
미꾸라지 잡은 듯
몸부림으로 벗어나려는데
자연스런
그 몸짓에 따르면
손쉽게 얻을 수 있고

물길을
거슬러 가자면 힘이 들고
바람을
빗겨가지 못한다면
자연의 섭리
자연에서 배울 것이다

세상만사

하늘에서 철새가 추락하고
바다에서 돛대가 침몰한다
땡벌처럼 아들은 침을놓고
수치스런 I·M·F 살림살이
민주주의 살갑게 이룩하여
국민주권 이루는 문민세상

터주부인 옷값이 수백만원
음달진곳 햇볕을 쪼여주니
개성공단 활기찬 북한동포
작은집에 음식을 나눔으로
큰댁인심 화해로 하나되니
서민살림 챙기는 국민세상

서해에서 함정이 침몰되고
종부감세 부익부 편중이라
건설업자 사대강 살찌우며
강바닥에 어종이 말살되고
생각들은 서로가 다르지만
후손에게 물려줄 대한민국

백사장에서
−속초해수욕장에서

오랜만의 바다 짠물이다
쏴~
처~어~얼썩
쏴~
처~어~얼썩
썰물 따라 나서고
밀물 따라 들어와
서로는 파도 따라
요리조리 빗겨 가는 게임이다

묻어나는 사랑의 눈빛
가위
바위
보
오 회, 삼 신승 게임이었다
오히려 승자는
바다로 일 보씩 전진하고
승자 패자를 가리는 법칙으로
사랑을 꽃피운다

바다에 누워

바지락도 굴도 채취 하며
낚시도 즐길 수 있다
가까운 바다에서 작업하는
자그마한 어선
바다는 모두가 내 것인 것 마냥
뱃머리에 누워
시선은 파란 하늘에 띄우고
팔자가 좋은 오늘
뱃놀이 즐기는 신선이로다

듬성듬성 눈앞에 섬
거북이처럼 엎드려 있다
구월의 햇살에 바닷물은 튕겨지고
하늘에서
바다에서
눈부심으로 반사되어
그을려지는 살갗은
건강한 구리 빛으로 물드는데
바다는 말없이 잠잠하다

단풍잎

눈길 주며 초롱하게 밝히던
가로수 단풍잎
발아래 켜켜이 쌓여서
꿈길 같은 융단이 펼쳐지고
길손은 상그레한 웃음이다

간밤에
단풍은 아픔을 뒤로 하고
엄마 품을 떠나야 하는 이별
이른 새벽 비와 함께
소리 없이 내렸나 싶다

촉촉이 젖은 눈시울이
구름인지
안개인지
눈물인지
단풍잎은 대지를 밝힌다

휴식의 공간

하루의
소소한 공간의 쉼터를 찾는다

맑은 물이 흐르고
시원한 그늘 아래
평평한 자리에서
주변 경관이 좋으면서
또한
시원한 바람이면 더욱 더 좋다

이야기가 숨 쉬는 동안
곡차는 살아서
몇 순배 돌아가고
어둠 짙어가는 계곡에
뒷자리 흔적을 지워 가니
자연은 순환이던가

계곡에 꿈은
또한 내 안식처로 이어진다

소나무

그의 몸짓은 푸른 빛깔이다
화려하지도
누추하지도
한 치의 편애도 없는
푸른 내음이 항상 채워져 있다

그의 마음은 줄곧 늘 푸르다
숨기는 마음도
저울질 마음도
조석변 마음도
올곧은 마음으로 채워져 있다

그는 봄, 갈 없이 늘 푸르다
어느 때 폭풍,
어느 때 폭설과 변덕의 날씨
속을 삭이고 또 삭이는
늘 푸른 소나무다

장가 들겠다(風景)

들녘에 허수아비 허허 웃음
누구에게나 변함없이
웃음 속
팔 벌리고 안으려는 그 몸짓
저녁 노을 넓은 들판에
마음 가득한 황금벌판
흐뭇한 마음에 가슴 벅차다

망태기 다북다북 풀을 담고
풀벌레 풍성하게 울어 대던 여름
천둥 번개 감수했다
익을수록 고개 숙이는 알곡들
들녘마다 살찌우니
풍요로운 속 수확이라
농심은 가을에 장가 들겠다

명품사과

새 사람
새 소망
새 기술
바꾸자 바꿔 사과 운동

그 사람
그 품새
그 정치
썩고 부패되면 사과 못 받는다

그 비리
그 병역
그 뇌물
표적 음모다 변명하는 사과

그건 공무상
그건 신체적
그건 후원금
궁색하게 도피하는 명품사과

산속 오두막집

어둠은 짙게 내려와
방울방울
눈발들이 날리는데
꼬리 흔들며 짖어 대는 토종견

통나무 탁자
통나무 의자
쟁기와 물레가 있고
맷돌, 호롱과 등잔이 있었다

얼기설기 지은 오두막집
덕지덕지 조잡하게 잇대어진 합판
드럼과 무대가 있고
음향시설을 갖춘 작은 카페

장작이 타는 그을음 속 난로
주전자 꼭지 틈새로 김이 솟고
볼그레한 홍조빛 얼굴
무릎을 마주하는 당신입니다

리모델링
-코로나 19

멀뚱하게 눈만 남긴 채
귓바퀴에 줄을 걸고
코와 입에 가림막을 설치했다
누구누구 할 것 없이
2019년에는 대다수가
가림막 공사 중이다

이기적인 아집들
주변을 둘러볼 생각도 못하고
나는 착하게 살았으며
나는 못되게 안 했는데
정작 본인도 모르는 채
개성의 목소리를 높인다

실수투성인 게 사람이라지만
연습 없는 인생살이
서로가 얼마나 괴롭혔을까
우리가 스스로 재앙을 부른 것이니
서로를 다독이며 응원하면
가림막은 우리의 희망이다

망향의 동산 1
−윤철환 고문님의 고향

오매불망 가고 싶은
황해도 나의 고향이라
임진강도 훌쩍 뛰어 넘을 거리
뱃길로도 잠깐인데
마땅한 배편이 없는 것인가
변함없는 수구초심 속
피난 후 오고가지 못했지만
꿈에서는 보았지요

어릴 적 피난 와서
길 잃은 강아지가 되고
온갖 체험은 당연했다
향수가 머무는 내 고향 언덕
아지랑이 오르는 기슭에
도민별로 꽃동산 만들어
천만 실향민의 아픔
영생불멸 향수를 부르지요

망향의 동산 2

봄 햇살 논배미
올챙이 자유롭게 노니는데
개구쟁이들 돌팔매
사소한 장난 게임으로
생사여탈 넘나들고
혼비백산 우왕좌왕
강대국들의 땅 뺏기 싸움에
숨 죽여 살아 온
어느덧 반세기가 흘렀구나

어찌 할까나
가는 세월을 어찌 할까나
임진강물이 흘러가듯
지척의 실향민은
이제나 저제나 기다린 세월 속
무심한 백발이 성성하고
아들딸 마음이면 뭐하나
애가 타는 이 마음 뉘라서 알랴
향수병만 키워 가누나

임진각에서 1

나의 고향 황해도
손 뻗으면 닿을 듯
곧게 뻗은 남북철도
도라산역 종점이니
어느 때쯤 열리려나
서로가 네 탓이라니
고향 방문
기약이 없습니다

1번 국도
목포에서 서해안 따라 신의주
7번 국도
부산에서 동해안 따라 나진
맘대로 못 가는 길
자연경관 훼손하는 철조망
서로서로 신뢰하여
뒤엉킨 칡넝쿨 정리하듯
철의 장막 걷어내고자 합니다

임진각에서 2

눈 감으면 지척이고
눈을 뜨면 잡힐 듯
북쪽 내 고향은 가까운 곳이라
피어나는 검버섯
기억들은 멀어지고
한이 서린 흔적입니다

초점 잃은 시력으로
머나먼 고향 땅을 살피는데
이름 모를 젊은 초병(哨兵)
늙은 아범 훑어보니
글썽이는 눈물 주책인가
실향민의 아픔입니다

적멸보궁(寂滅寶宮)

오대산
비로봉 오르는 중턱에
부처님 불상(佛像)이 없다는
적멸보궁
비로봉 정점에서
내려온 등성이의 줄기줄기
흐름의 맥은 이어져
산수화 병풍처럼
적멸보궁을 안아 줍니다

적멸보궁
그 모진 설한풍에도
포대기로 아이를 두르듯
어느 곳보다 안온하니
보석의 진신사리가 봉안되어
많은 사람들이
풍수학상 지표라 말하는 것은
아니, 우리가 보아도
예가 명당이랍니다

야생화

난
하늘을 우러르니
뭉실뭉실 꿈이 솟아나고
짙게 푸르러 드높은 하늘은
날
희망을 갖게 합니다

난
야생화 바라보니
인생은 고단한 스무고개인데
돌봄 없이 저 홀로 핀 꽃
날
희망을 갖게 합니다

어느 축하 송(祝賀 頌)

함께 살아온 사십여 년
나의 남편이어서 위대한 당신 일곱 살(古稀)
생일을 진심으로 축하합니다

춘향 고을에서 태어나 고향을 등지면서
빈손이지만 푸르름 있기에
당찬 꿈으로 서울에서 둥지를 틀었지요

당신은 가문을 일으키려
홀로 서기 지침은 사회의 귀감이었소
한편, 회사 일만 열중하고
집안 대소사를 채근하는 당신이
야속하고 미웁기도, 원망도 했지요

가고자 하는 길은 같은데
가문을 세우는 일도 같은데
돌아보면, 남에겐 관대하면서
생각의 다름을 서로는 인정 못하고
많은 상처 속 칡넝쿨이었지요

투정도 관심이라
관심이 없다면 투정도 없었겠지요
살아온 동안 투정을 가슴으로
받아준 당신이 진정 고마웠어요
여보! 당신의 칠순
우리 가족들은 진심으로 축하합니다
그리고 사랑합니다

−당신의 동반자

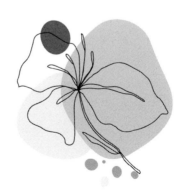

해바라기 짝사랑

해바라기
한눈도 팔지 아니하고
해님에게
이 마음 우러러 보는 사랑
해님 바라보며
더 가까이 하고픈 생각이라
수줍음도 잊은 채
시선의 끝은 어디인가

줄다리기 하자는 건가요
야속한 해님은
날 감싸며 관심을 주시더니만
내 맘 모르듯
긴 그림자 덩그러니 두고서
분홍빛 솜털구름 찾아서
병풍 뒤로 숨었어요

누가 물들이나요

청잣빛 하늘
정녕, 불을 지를 줄 아나 봐
가까운 하늘에서
산 높은 곳부터 시작
오색으로 물들이면서
한 겹 한 겹씩 물들여서
서서히 내려옵니다

주렁주렁 능선 따라
골 골 골 계곡 따라
미끄럼 타듯
한 올 부끄러움도 없이
어우렁 더우렁
속닥속닥 사랑을 숙성시키며
소리 없이 내려옵니다

송이버섯

반음 반양의 배수가 좋은 토질
소나무와 더불어 산다
성인이 된 소나무 숲
청초지는 계절에
신이 내린 이곳에서
너랑 나랑 살아가는 것은
뿌리 끝에서 서로를 의지하며
흐트러진 날씨에는
살아갈 수 없는 게 송이버섯
태어난 자리에선
거듭나지 안아야 하는 생각이다

백두의 정기 받은 태백산맥
생명력을 잃지 않으려
최소한의 수분으로 몸매를 갖추고
송이의 지존을 위하여
삿갓을 씌울까 말까 나는 안다
입안 가득히 퍼지는 향
세계가 인정하는 것
모방이 안 되는 봉화 송이버섯

이제는 봉수대의 횃불이 아닌
봉화에서
송이의 향을 전 세계에 알린다

천국은

신령님 허락도 없이
크나큰 바위에
몸을 가누지 못해 팽개쳐진 육신
지 하고픈 대로 너부러져
마냥 기대고 싶은 것이다

무거운 다리
여기서 쉬어 간다면
욕심으로 찌든 내 살아감이
마음도 육신도 아우러져
무거운 짐 놓을까

하늘과 땅 사이
이 세상에 부러울 것 없는
철없는 아이마냥
산중 깊은 계곡에 푹 파묻혀
마음을 또, 비우면서
쉬었다 가련다

눈길을 쓸며

해 질 무렵부터
백 상여 따라가던 그 길
눈길을 여느라
대나무 빗자루 몇 번 들었다
쓸어도 쓸어도 내리는 눈은
쉼 없이 그칠 줄 모르고
발등은 묻혀 종아리 간지를 만큼
많이 많이 내리는데
장독대의 작은 항아리
벌써 술래잡기를 합니다

눈이 쌓여서
어둠을 밝히는 야간 조명으로
주위는 조금 밝았지만
눈이 많이 쌓이면
오시는 길 어려울까 염려됩니다
철없이 울며 동구를 나서던
그 길을 열고자 눈을 치우다 보니
깊은 밤으로 가는 자시(子時)
조금 있으면
어른이 오시는 시간입니다

산! 위대한 당신입니다

산은
살아 숨 쉬는 현자의 거울입니다

사시사철
계절에 관계없이
특정인을 고집하고 챙기면서
이기적인
그런 사랑을 하지 않습니다
산에서 담배를 피웠어도
계류에서 볼일을 보았어도
밤이슬 맞은 양상군자라 할지라도
푸른 웃음 지으며
어서 오라며 손짓합니다

산은,
사랑을 실천하는 거울입니다

포용이 넉넉한 것인가
아님, 하늘과 어깨를 나란히 하는
이상적인 꿈인 까닭에
눈높이를 함께 하는 생각인가
위에서 내려 굽어보는 위치인데
아픔을 함께 아우르고
나눔을 위한 유산소를 챙기면서
그런 아량을 베풀면서
가려운 곳을 헤아리는
감성과 센스가 있는 산이랍니다

하동 벚꽃 십리 길

고개 들어 올려다 보니
벚꽃은 오손도손 활짝 피어서
예쁜 꽃 닮은 댕기머리 누나가
월계관 수를 놓은 듯
이브자리 자리매김 합니다

나를 에워싼 봄꽃
꽃술을 감추고픈 속살 보이니
부끄러워지는 듯
아련한 초록의 맘
어릴 적 꽃길을 걸어갑니다

꽃비는 나풀나풀 내립니다
나비가 너울너울
억새가 일렁일렁
펑펑 쏟아지는 함박눈처럼
봄바람에 꽃은 몸살 합니다

향기에 젖는 그리움
햇살 가득한 꽃 그늘 아래
바람과 꽃잎에 스치는 감촉
쌍계사 계류 따라 십리 벚꽃길
걸을 수 있음이 행복합니다

버들강아지

못내 아쉬운 겨울인데
눈 속을 뚫고 나오는 것이
버들강아지랍니다
세찬 칼바람이 부는 날에도
겨울을 이겨내려
햇살을 우러르며
봄의 전령이 되고파
봄 마중을 서두르는 버들강아지
배시시 작은 웃음 지으며
뽀송뽀송 솜털을 만듭니다

해가 서산에 기울면
시샘으로 겨울은 기지개 켭니다
피어오르는 물 기운
버들을 감싸는데
그 버들을 살찌우니

깁스한 버들얼음
자연이 만든 아이스케키
졸졸거리는 냇가에서
거센 찬바람에 눈을 틔우면서
봄을 찾아갑니다

고창 보리밭에서

오월의 푸른 물결
지평선은 끝 간 곳 없는 시선
광활한 청보리밭
견줄 곳 없는 그 풋풋함이
내 마음 속에 머물고
싱그러운 바람이 불어오니
출렁이는 푸른 바다
넘실넘실 수평선이었다

보리밭 이랑 따라
향긋한 보리 내음에 젖으니
들길은 나만의 길
이랑따라 걷는 청보리밭
'후두둑 후두두둑'
장끼 한 쌍이 날아간다
마음 들켰는지
어느 누구인가 모르겠다

청산아!

들뜬 마음
연둣빛인지 벅찬 목소리
청산아!
호흡을 가다듬어 목청껏
큰 소리로 불렀지만
메아리가 없었습니다

설레는 마음에
나는 초록으로 물드는데
태산의 무게보다
감당하지 못하는 중압감에
제동장치는 풀리고
조향 못 할 핸들입니다

신앙의 힘도
좌, 우 이념도 아닌
덧셈, 뺄셈도 더더욱 아닌데
청산아!
너를 바라보고만 있으면
세상을 다 얻은 기분입니다

꿈이 있는 소년

내 나이 열네댓 살 풋내기 시절이다
홀로 된 어머니에 동생이 다섯이라
남루한 가장이지만 생각은 듬직했다

마음을 다짐하며 대리의 만족이라
동생들 중학교는 당연한 책무이고
대학을 형제 중에서 한 명은 가야 한다

2부

신작로 꽃길

꽃은 함께 피워야 한다
저 홀로 피어서
외롭게 서 있는 꽃이라면
우뚝 설 수도
아름다울 수도 없음을 알기에
손 흔들어 손짓하고
서로가 버팀목이 되어
아름답게 살랑거리며
군락지로 함께 피워 갈 때
함께 하는 코스모스길이다

지금이 행복하다

엊그제 젊음은
간밤에
한낱 지나간 꿈속이니

지금 현재
건강을
지킬 수 있어 감사하고

내 하고픈 걸
지금처럼
할 수 있어 행복하여라

코로나 세상

동그란 눈만 남기고
너, 나 할 것 없이 코와 입을 막았다
그대들 맘대로 어지럽혔으니
선택할 수 없는
스스로 재앙을 부른 것이라

저마다 죄의 벌이다
아니, 경중을 가릴 수 없음이니
어느 누가 자신 있게 말할까
죄의 벌에서
자유롭다고 말하겠는가

말을 못하게 입을 막았다
그 입으로 얼마나
사람들을 힘들게 하였을까
괴담과 악담, 진짜 같은 가짜 뉴스
얼마나 어지럽히고 있었는가

코로나 세상을 돌아보면
귀는 열고 우리들은
묵언의 수행이 절실한 것이다

백합꽃

대서
이름만 들어도 더웁다
하늘을 가르는 번개
지축을 흔드는
천둥소리 어찌 감당할까

순결, 사랑도,
차라리
변할 수 있는 것이라면
너의 순수에
애가 바튼다

어느 동호인

동호인 모임에서
도드라지는 일을 많이 했다
궂은일도 마다 않고
창의적 생각으로
어느 일이라도 솔선했다

먼 훗날을 생각하며
모임의 발전에 앞장서고
먹고 살아가는 지혜
엄마의 엄마로부터 배운 걸
하나하나 심어 줬다

음식을 만들어도
선구자의 역할도
십 년이면 강산도 변하는 것
시대와 문화를 따름이니
박수 칠 때 떠나야 한다

독도 사랑

우리는 한 땀 한 땀
함께 어우러져 살아가는 민족입니다
순백한 마음은 백의민족
단군으로부터
홍익인간에 주어진 숙명입니다
씨 뿌리고 농사를 짓고
순박하게 살아온 민초들이지요

처음부터
큰 뜻의 명분을 중시하고 지키며
잘못되는 것을 보지 못하고
굽힐 줄 모르는 아집입니다
우리의 혼은 살아있습니다
울분은 있어도
꼭 참아야만 한답니다

허나,
우리는 땅 힘을 돋워야 합니다
오르는 가지가지마다
틈새 없이 뿌리 내려서
일본이 발 붙이지 못하게
붉은 일장기를 지우며
푸른 깃발로 덮어 갑니다

홀로 서기

시월, 햇살이 머무는 베란다
우리 집 지킴이 '두나'의 낮잠이다
가지런한 네 다리와 달리
머리와 몸통은
바닥에 너부러진 채
일광욕을 즐기고 있다

귀는 덮어지고
눈은 내려 감고
벌름거리던 코는 오간데 없고
햇살을 받은 뽀송뽀송한 털
그 따스함 속에
행복이 묻어나는 고요함이다

사람도 살아가기 위하여
갖은 지혜를 동원하는데
동물적 감각이란 말
나름의 영민함
자연에 적응하는 것이리라
나,
홀로 서기 지혜를 배운다

신작로 꽃길

매미소리 잦아드니 청초는 지고
소리 없이 다가온
파란 하늘 아래 코스모스 꽃길
까맣게 맥질한 아스팔트 길 따라
도드라지게 환영하는 꽃
코끝을 스치는 향긋함 속
저마다 내미는 얼굴들은
인물을 자랑하는지
키 재기 하자는 것인지
꽃들은 한껏 멋을 부린다

꽃은 함께 피워야 한다
저 홀로 피어서
외롭게 서 있는 꽃이라면
우뚝 설 수도
아름다울 수도 없음을 알기에
손 흔들어 손짓하고
서로가 버팀목이 되어
아름답게 살랑거리며
군락지로 함께 피워 갈 때
함께 하는 코스모스길이다

행복지수

행복지수란
살면서 기쁨을 느끼는 만족의 체감
사람은 더 많은 탐욕을 원하는 이유는
무슨 연유일까
그 넉넉한 생활을 위하여
맘을 채우고 가득 채운다면
행복지수는 높아질 것인가

만약
백만장자의 갑부보다
거지가 부족함이 없다면서
행복지수가 높다면
허풍을 떠는 거지라고
사람들은
비웃을 수 있음이 보편적이다

자기만족 기준은

물질의 채움보다는

풍요는 마음에 있는 것이라 할 때

하늘을 보고 웃을까

마른침이 땅바닥에 뒹굴까

행복지수가 낮을수록

풍요로운 물질에 있다고 하니

참 말로 아리송하다

방파제(防波堤)

잠잠하던 내 마음
가랑잎에 불을 댕겼을까
울컥하는 가슴에 요동치는 맥박
소용돌이 하는 성난 바다
휘말려 가는 그 파도로다
관심이라는 미명 속에
날을 세운 목소리는 갈라지고
티격태격 밀고 당기고
마음 몰라주면 성난 파도 되어
성질부리며 나에게 달려듭니다

오늘은 뽀루퉁이더니
뭐가 뒤틀렸을까
어느 사이에 틈새가 생겨
조각조각 마음은 깨어진 항아리
애써 봉합을 서두르지만
지울 수 없는 흔적입니다
마음을 아낌없이 주어도 주어도
그 세월이 부족할 터
기댈 수 있어 좋은 사랑으로
우리는 늘 행복해야 합니다

강동 국악 한마당

숨결의 혼이 흐른다
강동 예술의 위상
혼을 부르는 국악이 흐른다
매머드급 공연은
국립 예술의 전당에서
또는 방송 삼사에서
세종문화회관에 부족함이 없는
국악이란 생각이다

일자산 기슭
강동아트센터에서 국악이 흐른다
음악을 모르는 나
품격 있는
국악을 관람하자니
해 오르는 강동이 자랑스럽다
강동 문화가 아름다우니
사람들이 아름다운 것 아닌가

서울 강동아트센터

한 일 자
병풍으로 이어진 일자산
예술의 혼을 담아
창의적인 생각을 펼치는
이곳 아트센터
강동 예술인의 전당입니다

이곳에는
혼이 있고 끼가 있어
그 숨결을 이어 가는
'예술이 아름다운 강동'
문화의 중심
'사람이 아름다운 강동'
이곳에 살고 있음이 행복

강동인의 흥을 돋우고
꿈의 이상을 키우며
자연과 어우러져 숨 쉬는 곳
멋스러움과 예술의 산실
창작의 문화꽃을 피웁니다

왕이로소이다

소중한 당신을
마님이라 불렀더니
번지는 미소에
자연스레
나는 정승의 반열이라

등급을 올려서
중전이라 부르니
보조개 웃음 속
나는 자연스레
왕이 되어 있던 것이라

도자기 1

세상에 둘도 없는 것이다
흠집 없는 무늬
조화로운 색감
맑고 밝은 그 그릇인 것을
행여, 다칠까 봐
더욱 조심조심 하였다

노크하듯이
토오~옥 톡, 두드려 봐도
단잠에서 깨어나
해맑은 아이 웃음마냥
풋풋한 질감의 소리
내 맘은 고요한 아침이었다

어느 날 달라졌다
무늬, 색감도 예전이 아니다
눈 비비고 자세히 보니
영문도 모른 채 실금이 갔다
조신하게 다루었는데
잠결에 발로 찬 것일까

어머님 여의고

당신은 언제라도 웃는줄 알았어요
당신은 아플줄도 모른줄 알았지요
당신은 굶으면서도 먹었다 하셨지요

어릴적 당신께서 부엌에 들어가면
신비한 마술세계 어느새 뚝닥뚝닥
솜씨가 남달랐는데 이제는 꿈이지요

당신이 가신다는 말씀도 없었는데
어느날 예고 없이 덜커덩 다가와서
그렇게 가실 줄이야 생각도 못했지요

어느 날 일기

여름밤은 짧은 연유일까
깊은 잠에서 깨면
작물들은 간밤이 궁금한 것
과수원을 돌아본 발길
새벽이슬 머금은 풀잎을 털고
아이 돌보듯 하니
주인 발자국소리에
반가운 나뭇잎 손짓이다

하루해가 거웃거웃
골목에 어둠이 스며들면
벌레들은 가로등 주변을 맴돌고
일상에 묻혀서 살다 보니
머무는 고향은
그리움과 애틋한 향수도
지리산의 고마움도
언제부터인지 잊고 산다

당신의 염원

육남매 올망졸망 풋내기 어린양들
가문을 세우려면 장남을 가르치고
집안이 잘되려면 아이들 좋은생각
언제쯤 어른이 되어 한시름 놓으려나

당신은 노심초사 인고의 노력들은
소비를 줄이면서 감사한 선영의 덕
말수를 절제하며 이웃을 챙기면서
대중에 휘말리지를 안으려 힘쓰셨다

기다림

겨울은 겨울다워야 하는데
엄동의 포근한
눈이 내린다는 소식만 들은 채
늦게 잠을 청했지요
누군가를 기다리겠다는
그 꿈을 안고서
세상 편안하게 잠들었다

밤사이
그 눈 님이 오시려 그랬을까
광한루원
늘어진 수양버들 그늘 아래
춘향이랑 수작하던
실눈을 떠보니 자못 아쉬운 꿈
세상은 눈 풍년이다

갯배

속초 아바이마을에서
갯배를 타면
사공은 긴 밧줄을
어깨에 둘러메고 영차영차
아이도 힘을 보태니
어른도
아이와 함께라는 게임이다

구김 없는 아이랑
어우러지다 보니
그 어른도 구김살이 없어지고
어린 시절로 돌아가
천진난만한 웃음은
어쩌면 아이와
갯배가 만들어 준 게임이다

메아리

산을 헤매었다,
정처 없이 돌고 돌면서
친구야
속 깊은 문학의 물줄기
친구야
속 깊은 문학의 큰 산
찾는 까닭은 무엇이더냐

한결같이
오롯이 외줄타기 인생들
부대끼며 함께 살아 온
맘 좋은 도반들
맘 깊은 큰 생각들인데
언제쯤
꽃피우나 문학의 향기

겨우살이

깊은 산중
수북수북 눈 쌓인 곳에서
겨울을 푸르게 살아가는
사막의 오아시스다

참나무 잎은 지고 없다
뭔가 색다른 잎새
상록수가 되어
까치가 둥지 만들기 좋은 곳

참나무는 싫어한다
건강을 방해하는 하나의 균
수액으로 월동하는
그것은 부종이라 하겠다

가을 단풍

푸름이 간 지 오래다
간밤에
서리가 내리면
단풍잎이 새 하얗고

인생이라는 세월에
서리가 내리면
검은 머리도 하얀 것이라
빗겨 갈 수 없고

연륜은 세월 속
저마다의 절절한 사연들이
소설을 엮어도 될
드라마틱하여
계절은 늦은 가을이다

도자기 2

금수저로 태어났습니다
매끄럽고
난 부드러우니
어른도 아이도 좋아합니다

난, 진흙에서
아담한 도자기로 변신한
접시라지만
나름의 자긍심

우리 것을 아는 사람들이
미소로 화답하고
사랑의 관심 속
도자기는 더 맵시를 냅니다

접시

화려하고
우아하지 못하지만
당신에겐
절대 필요합니다

당신을 믿고서
나의
모든 것을 맡기오니
행여 다치면 아니 됩니다

해바라기

마주하는 눈빛
내 푸념 들어주는
추임새 장단
끄덕끄덕 고갯짓
나는
불끈 힘 솟는다

어느 백사장

백사장 한 곳이 어수선합니다
술병과 캔
빵과 종이컵
담배꽁초
그렇게 맘껏 채우더니
게슴츠레한 눈 탓일까
즐기던 일행들은
눈길마저
이젠 돌려 버립니다

한때는 애지중지
겨드랑에 끼고
다칠까 조심하면서
사랑을 듬뿍 주더니만
간밤, 인제 보았냐는 듯
이곳저곳에서
뒹구는 미아가 되고
지청구 되는
수모를 당하는 처지랍니다

송림의 입맞춤

송화꽃 피는 오월
송림이 어우러진
남한산성 숲길을 걸어가면
새 생명들의 잉태
파릇파릇 숨쉬는
해맑은 영혼
차별 없이 아우르니
신비로운 천상을 걷습니다

헤픈 사랑을 한다지만
그는 비릿하지도
짜지도 아니하고
달보드레함에 젖어
존경스러운 그와의 스킨십은
오래도록 머무르고픈
향기로운
숲속의 입맞춤입니다

논두렁의 새참

구슬땀을 닦아 줘야 한다
월평부인은
감자에 사카린을 넣고 삶아서
광주리 담아 머리에 이고
치맛자락을 사리며
한 손에는 막걸리
그 곡차가
주전자 꼭지에서 넘실대고
일꾼들 힘을 내시라
준비한 새참 논두렁길이다

종종걸음이라
논두렁이 좁은 것인가
땀방울은 송글송글
온몸에 땀이 후줄근하다
한 올 거짓 없는 땅
농민은 결실을 바라보며
논바닥을 휘젓는데
흙은 돌보는 만큼 보답하는데
논을 돌다 보니 목마름
탁탁한 갈증을 푼다

딱, 한 표

세상 어디에도
넘치는 게 사람, 사람이다
그렇지만
나의 생각에 맞는 사람
이 세상
어디에 찾아봐도
그렇게 닮은 사람을
찾아봐도 없다

줄 세워 놓고 보았지만
고민해 봐도
그 사람이 그 사람이라
하나 같이 다 검은데
그 중에서 덜 검은 사람에게
딱, 한 표
신성한 선택권
덜 검은 사람을 선택합니다

수선화

수선화야!
티 없이 맑은 까닭일까
널 보고 있으면
그 많은 슬픔과
그 많은 고독을
왜 혼자 감당한 것일까
가녀린 애절함을
깊은 수심을 엿보는 것은
나의 관심이나 보다

수선화야 !
널 바라보고 있노라니
네 모습이 애처로운 건
연민인지
동정인지
내면에서 풍기는 기품 있고
꼿꼿하면서도
왠지 모르게 너의 당당함이
내게는 희망이란다

그 꽃

진달래 피고
개나리 피고
저마다 봄을 알리는 꽃들이
이곳저곳에서
참 예쁘게도 피더라

질투가 났을까
벚꽃이 하얗게 피더니
철쭉은 뒤질새라
분홍빛 꽃으로
내 마음 빼앗아 갔지만
일시적인 환상이라

그래도
네가 활짝 웃어 주는 그 꽃
수많은 세월 속
내 마음에 꽃
나의 그 꽃이여

물오른 나목

목마름의 갈증이었습니다
메마른 가지에
아지랑이도
온기를 보내옵니다
꽁꽁 얼었던 발
피할 수 없는 북풍에
그 힘들었던 겨울
진심으로 다독여줍니다

오랫동안 기다림은
따스한 손길이 다가오고
미소 가득한 햇살은
긴긴 겨울 찬바람에
춥고 떨리던 내 마음도
서서히 풀리나 봅니다
힘들었던 겨울
이제는 잊고자 합니다

꽃피는 사월

아니 됩니다
절대 아니 됩니다
절대로 안 돼요
안 되야!
안 돼!
안된다니까!
정중하던 목소리는
쌩쌩한 칼날입니다

서릿발 강단으로
눈흘림하더니만
어느 좋은 날
수줍어 몸 둘 곳 찾던 꽃망울
배시시 웃더니
성숙하게 벙그러지면서
헤픈 여자는 아니에요
나는 순수한 여인이랍니다

3부

꽃잎이 날으샤

꽃잎은 바람 부는 대로
제 살 곳이 있어도
누구를 찾는 것도 아닌데
머무를 곳도 모른 채
이도저도 아닌
난 정처가 없음이로다

연둣빛 사랑

정원의 푸른 초록들
갓 잠에서 깨어난 아이마냥
투정이 뭔지 모르는
티 없이 해맑은 웃음이다

새 한 마리
은행나무에서 생각에 잠기다가
새롭게 피는 잎새
이 가지 저 가지로
궁금한 느티나무로 간다

손짓하는 연둣빛 잎새
짙은 봄 향기
푸르른 연둣빛이 고우니
사랑을 앓고 있다

봄비에 젖다

아닌 밤중이라더니
우두두둑 우두두둑
천둥 번개 치는 빗소리가
장맛비 마냥
참으로 음전하지 못하여
미운 오리가
수선을 피우는 듯하다

방실방실 웃음으로
그 누구라도 반기면서
벙그러져 향기를 피우면서
활짝 핀 철쭉
익어가는 봄의 절정인데
그 빗소리에
꽃잎들은 화들짝 놀란다

꽃잎이 날으샤

봄 하늘에
나풀나풀 노니는 게 무엇이더냐
사분사분 나비도 아닌 것이
윙윙 소리도 없으니
벌도 아닌 것이라
햇살이 좋은 사월이니
정녕 눈발은 아닐 것이로다

봉우리 봉우리로
무리 지어 꽃송이로 머물며
정들었던 곳
더불어 더불어 살다가
이제는 꽃이 아닌
꽃 이파리로 저마다 춤이로다

꽃잎은 바람 부는 대로
제 살 곳이 있어서도
누구를 찾는 것도 아닌데
머무를 곳도 모른 채
이도저도 아닌
난 정처가 없음이로다

매화꽃

한 티끌 만큼도
뉘라서 꽃잎에 간섭은 없다
시샘도 당연히 없다
하얗게 물들여지는 마음일까
함께 살고 싶은 생각 속
꼭, 꼭, 붙잡고 싶다
그 따사로운 봄볕이건만
생각을 놓은 채
꽃잎은 속절없이 진다

뿌리가 약한 탓일까
아님, 허둥허둥 살았을까
기우뚱 흔들리던 꽃잎
갈 곳을 정하지도 못한 채
바람결에 묻어서
정처 없이 훌쩍 가시었으니
텅 빈 그 자리는
모두를 위한 그 꽃
잉태를 위한 위대한 꿈을 꾼다

생각의 다름

속 좁은 아집으로 가득 찬 너
호리병, 어찌할까 널
안정감은 있다지만
가늘고 긴긴 숨구멍에
들숨 날숨이 멎는다
그 숨쉼이 힘들 것이니
어찌하면 좋겠니
관심은 걱정으로 솟는다

해가 뜨고 지는 걸 모르는가
세상은 보편적 순리로
즐겁게 보는 것인데
주변을 아우르지 못하면 어쩌나
잘 생각해 봐
나도 질긴 고집은 않겠지만
넌 실수 하는 게야

"응– 고맙다!
그러나, 난 네가 더 걱정이다"라는
답장이었다

일자산의 만추

곱게 물들었다던
일자산 단풍
저마다 아름다운 모습들이
보이지 않으니
소문만 무성했던가

얼마 전
수줍은 듯 곱살스레
초록 분홍 노랑 빨강으로
저마다 단장을 했다더니
소문만 무성했던가

일자산 단풍잎
그립던 임이 오지 않으니
기다림에 지쳐 원망되고
간밤에 내린 비는 눈물 되어
발등을 덮는 낙엽 되었다

길목의 상록수

버들이 눈 틔우기 시작하면
해맑게 밝은 연둣빛
희망의 푸른 초록들은
고운 색감으로 물들이고
계절에 걸 맞는 하얀 옷을 입고
삼거리 길목
한 몸에 과분한 눈길들

사랑은 받음이 아니라
주는 것이라
베풀면 좋은 것
넉넉한 마음 준다고
아플 자존이 뭐 있으랴만
주고 또 마음을 다 주어도
그 부족한 마음이라

구월(九月)
−지천명(知天命)

따스한 눈길 받으며
늘 푸르던 여름은 익어간다

훨훨 뛸 듯이 날았다
여백의 푸르름이 많은 것일까
바람을 만나는 추임새이고
대지에 단비가 내리듯
어울림은 함께라서 좋았다
지리산 나만의 공간에서
올망졸망 소품들은
손때가 묻은 주인으로 살면서
주어진 일상들은 여건에 맞춤인가
앙금앙금 쪼이는 햇살
토양들은 더불어 살찌우고
이웃과 동무들도 살가워
무슨 바람이 더 있으랴

구월에는 물빛도 철이 들고
풀빛도 어설픈 중년으로 익어간다

성급한 봄비

성급한 봄비가 옵니다

매서운 칼바람이 엊그제인데
함께 하려던 겨울은
켜켜이 못 다한 말들이
주고픈 매운 사랑이라
아직 떠날 준비도 안 되었건만
야속한 비가 내립니다

소한 대한이 지나니
성급한 입춘의 생각일까
일월 하순
예고 없이 비가 내리니
정녕, 그것은 빗물이 아닌
슬픈 겨울의 눈물

겨울에 봄비가 옵니다

호남성(湖南省)

호남성 장사시
국제공항은 덥고 습도가 높은
인구 800만이라는 도시
영종도에서 3,200㎞ 날아와
거대한 나라 중국을
풍문으로만 듣던 나들이
어릴 적
손꼽아 헤아리던 설날
가슴 설레는 그 맘이다

비가 내려서일까
저 멀리 상강은
안개 속 드넓게 들어온다
넓은 대륙이라 그럴까
궁금한 생각들이 꽉 차
알 것만 같으면서도
양파 속 닮은 중국의 땅
벗기고 몇 겹을 벗겨 봐도
궁금증에 배가 부르다

황하(黃河)

강을 덮을 만큼이나 무겁다
낮게 드리워진 안개
발길이 설은 큰 나라 땅
가벼운 구름인지
무거운 안개인지
꼭, 알아야 할 것도 없지만
어디로 흘러가는 걸까
한강(漢江)은 비교가 안 된다

강과 강들이 모여서
하(河)가 되었다는 황하(黃河)인 것이다
비가 내리는 까닭일까
흙을 뒤집어쓰고
둔탁 거칠게 흙탕물은 흐르는데
"백년하청"
불현듯, 바꿔야 할
내 잘못된 습관이 떠오른다

절정은 점심 후

어둠으로 하얗게
안개가 새벽을 덮어 버렸다
태양의 존재를 거부하는
거침없는 것이다
허나, 기세가 등등한 햇살
아예 불덩이로 쏘아 올린다

절정의 때가 올 것이다
섭씨와 느끼는 체온 속
여기저기 등에서 땀 솟는데
뱃심 있으라는 허리띠
삼복(三伏) 더위에 봇물을 막아
한 해 농사를 짓는다

하늘을 올려다본다
곱살스럽지 못하여 찌그러진 눈
두려움 탓일까
우러러 봄일까
해님의 원망일까
오뉴월 점심 후가 절정이다

생존의 법칙

얼마쯤 있으면 사과 밭은 내 것이다
이쪽 끝에서 저 끝으로
높은 소나무에서
낮은 단풍나무로
나에게 조롱하듯 날면서
옹게둥게 모여 뭐라고 숙덕인다
꽃 핀대로 수확이 다 되는가
지네들끼리 주고받는 대화
알아 듣지도 못할 새소리
어느 통역이 필요할까
나눠 먹자는 새의 노래다

까치를 위한 까치밥
사과나무를 심은 것이다
달콤한 사과가 매달리면
호시탐탐 즐거워하며
까치는 기다리던 것일 수 있다
서로가 생존을 위하여
목소리는 갈라지고
쫓고 쫓기는 장기전에 들어가면

사는 건 너와 내가 같은 것
피할 수 없을 것이니
자연의 섭리로 살아가련다

섬진강

좋을레라
좋을레라
나는요 섬진강이 좋을레라
네가 보고 싶고
또 그리워서
우적우적 찾아 왔는데
투정 없이 반기니
네가 좋을레라

널 바라볼 수만 있어도
나는 좋을레라
내 멋대로 찾아와도
반겨 주는 섬진강
내 생각대로 왔지만
성냄 없이 휘돌아 흐르는 강물
순수를 위한
너의 지혜가 좋을레라

어느 좋은 날

하늘하늘 부드럽게
장미는 휘어진 몸매자랑이다
나비와 벌들이 빙글빙글
주변을 서성거릴 때
간지러운 웃음도 지어본다

먹구름이 내리거나
캄캄한 밤이면
삐죽삐죽 도드라진 가시들
푸른 잎으로
꼭꼭 숨기어 본다

어느 좋은 날
장미꽃은 얌전해져
립스틱한 미소로 벙그러지니
벌과 나비는
싱글벙글 꿀을 채운다

짜장면의 설교

유일무이한 음식
우리 집 짜장면이 최고이며
무엇과도 견줄 수 없는
오묘한 맛을 내는 것이니
이 음식을 먹는 순간
뱃속이 평화롭고
마음도 평안할 것이다
친절하신 사장님 말씀에
아이들은 마냥 좋다고
너도나도 합창하듯
짜장면, 짜장면 응답이다

시기하고 질투하고
도둑질을 하였을지라도
이 음식을 누구나 먹으면
모든 죄를 사랑으로 용서가 된다
상하질서가 어긋나고
폭력, 교사하였을지라도
다른 집 음식은 안되지만
우리 집 짜장면을 즐겨 먹는다면

세상의 모든 죄가
짚불처럼 사하는 것이라
사장님은 힘주어 말씀이다

질경이

억척스럽게 살아온
반항적인 것일까
발길에 채여 가슴이 먹먹하다
구둣발에 밟히고
경운기에 밟히고
내가 일어날 듯 하면
또 짓이기며 훑고 가는데
목마름의 빗물은
오장을 숨 쉬게 적셔준다

한줄기 소나기야
내려라―
내려라―
많이 많이 내려라
짓이긴 질경이가 닦아지니
그대는 한 줌의 희망
시원하게 내려서
사분사분 내려서
살갑게 나를 보살펴 준다

선사의 움집

청정한 아리수가 고요히 흘러가니
이곳이 길지련가 예쁘게 다듬어서
따뜻한 그 보금자리 만들면 좋으리라

아부지 돌도끼로 기둥을 만드시고
어무니 억새풀을 다듬어 엮으시니
삼촌도 웬지 흥겹게 움집을 돕는구나

어영차 노랫소리 식구들 합심으로
움집은 하나하나 만들어 준공되니
어엿한 비 바람막이 훌륭한 궁전이라

분재

그 사람은 무척이나 아꼈다
하루를 두고도
어루만지기도 아까운 듯
아니 몇 번씩이나
내 모습을 요리조리 살핀다
보고 또 보면서
얼굴엔 허벌죽한 웃음
늘 행복한 마음이다

그 사람은 나를
이리 저리 살피고 살피며
꼼꼼히 챙기면서
내 의중을 읽는 센스가 참 좋다
내가 답답증에 힘들어 하면
가끔씩 야외 바람도 쐬고
양지에서 일광욕
따스한 마파람에 호사를 누린다

행여-
얼굴 안색이 좋지 않으면
그 사람은 애가 마른다
목마름 갈증인가
어느 영양소가 부족인가
우선 물을 먹여 보고
목욕을 시키면서 상처가 날까
야단법석 수선을 피운다

주군은 하나로다

손바닥으로 하늘을 가리며
흐르는 물길 뉘라서 막을 것인가
고려의 대 충신들
대은(大隱), 목은(牧隱)과 포은(圃隱)을
편협적이고 자기 정당화를 위하여
뒤틀린 서술로 왜곡된 역사
필력은 승자의 몫이라지만
한 점 한 점 짜깁기로 얼룩이 졌다

소나무는 엄동에도 늘 푸르듯
대은(大隱) 변안열 장군은 솔잎처럼
고기(古記)에 전해지는 불굴가
즉, 섬기는 주군은 하나로다
퇴락하는 고려의 꽃을 피우고자
그 뿌리와 근본의 기둥
가녀린 가지가지를 보살피고
민초들의 안위를 염려하는 마음이다

대은 변안열 장군
북으로 홍건적
남으로 왜구들
나라 곳곳에 출몰하는 적을 진압하고
고려의 무인(武人) 충신으로
운봉 황산 전투에서 이성계와 함께
아지발토를 물리쳤다
그림자에 묻혀 밝혀진 그 역사
푸르게 늘 푸르게 빛날 것이다

*변안열 장군은 고려말 이성계 장군의 부장으로 남원 황산 전투에서
아지발토를 격퇴하다.

화롯불

따뜻한 맘을 간직하거라
온기 사위어질라
불씨를 지키려면
부삽 든 안방의 어른처럼
이미 생명을 다한 불씨
그 불씨를 재로 꼭꼭 숨기며
살짝살짝 다독이면
정감 있는 마음 지키는 것이다

뜨거운 열정은 참 좋다지만
철부지 마냥
맘을 알까, 모를까
성정 없이 따뜻한 불씨 찾으려
화롯불 휘휘 내젓는다면
기약 없는 훗날의 체온
행여
꺼질까 염려되는 마음이다

목련의 꿈

불꽃이 일어난다
심지에 오르는 불꽃
그 불꽃을 피우려니
다듬어지는 숨소리
들릴 것 같은 그 심장소리
침묵으로 세상이 멈춰 있을 때
나를 내려놓고
입정(入定)에 들어간다

나를 내려놓으면
잘 될 것만 같은 약속
선과 악
행복과 불행
마음가짐에 있음이라
기대고 싶은 언덕일까
정성을 쏟고 쏟아서
선정(禪定)에 들어가고 싶다

위대한 힘

순풍의 불꽃이다
심지에서 피어오르는 불꽃
그 꽃을 피우면서
모두를 위하고
기원하며 의탁하고 싶은
순수한 희망(希望)이어라

바람의 불꽃
때론 궁상 방정치 못한 생각
흔들림이 없으랴
어둠 밝히는 대명이라지만
심지가 타는 속
몸뚱이는 뭉그러져
자신은 사위어가지만

세상을 밝히는 횃불
찰지게 살아가는 방법인데
희망의 끈
이보다 더 좋은 끈
이보다 값진 꽃이 어디 있으랴
허나, 내가 아닐지라도
그 누군가 또 그리 할 것이다

동쪽의 촛불

동해바다
외로이 떠 있는 섬
사람들은 독도라고 부르지요
홀로 서 있으니
부모 없어 갈 곳이 없는 섬
섬나라 일본의 생각인가 봅니다

우리는
고독하거나 외롭지 않아요
동도
서도
서로서로 응원하며
국경을 지키는 형제랍니다

온갖 달콤한 얘기로
나를 꼬드기며
부잣집 양아들 '다케시마' 하자는데
상식이 무식이네요
난 자랑스러운
대한민국의 긍지 촛불입니다

지금처럼

엊그제의
시간은
간밤에 지나간 꿈이라

지금처럼
생각대로
할 수 있어 행복하고

내일도 모레도
오늘처럼
푸르름은 오지 않는다

과거는 흘러갔다
우체국 마당에서… 견공(犬公)

개 한 마리
하릴없이 마당을 서성인다
며칠 전부터
갈 곳을 잃었는지
큰 귀는 귓속이 덮어지고
모습 살아감이 고달픈가
긴 꼬리가 초췌하게 늘어졌다
한때의 권력은 문전에 줄을 서고
총애를 한 몸에 받았지만
귀와 눈이 어두워졌다

카랑카랑하던 목소리가
맥박은 약해져
중심을 잃어 비틀거리고
한 몸에 사랑을 받았었지만
산다는 것이 다 그런 건가
밥값을 못하고
윙윙 짖어보지만 서지 않는 영(令)
자존심 잃은 지 이미 오래
자유롭지 못한 집에서
도피성 자유 실업자인 것이다

그 겨울

겨울 햇살이 포근하게 다가온다
아영 초등학교 교실 벽
양지쪽 햇살이 좋아서
까까머리들 옹게옹게 모이고
바람과 냉기를 피해 벽을 찾는다
어미닭 날개의 품안
온기(溫氣)있는 체온과 체온 속
밀치기 게임에 돌고 돌면
온몸이 따뜻해진다

수업 종 울리기 전
햇볕을 쬐려는 까까머리들은
깃댄 양말은 발가락이 나오고
헐렁한 무릎은
숭덩숭덩 겨울바람 일고
다른 옷감으로 땜질 흔적이다
먹는 것 입는 것이
곤궁한 육십 년대
그 시절, 그 겨울이 그립다

어느 해 늦가을

따스하던 그 해 늦가을
못 다한 사랑이었기에
월평부인은 애처로운 단풍잎 되어
올망졸망 도토리들
하루에 몇 번을 보아도
안부를 묻던 동네일촌 식구들
다 살피지 못한 채
또, 청춘의 꽃 피우지 못한 잎
슬픈 백 상여 타고
오일장 다니던 신작로 따라
낭군은 콩 팔러 가셨습니다

음력 시월 하순
소중한 낭군이 오시는 날
이젠, 늠름한 큰 도토리들
손을 맞춰 가며
며느리들은 음식을 준비하니
풍성한 오곡백과 속
고소하고 달콤한 향기로
이 골목 저 골목길을 돌면서

집집마다 음향으로 문안드리는데
팔순의 월평부인
머리 감고 단장하니 꽃 색시랍니다

저녁노을

서쪽으로 가는 길
소품이 되어준 행주대교
잉걸 불을 만든다
뉘엿뉘엿 넘어갈 듯
석양은 능선을 베개 삼아
저녁노을은 덧그림이다

이른 새벽부터 세상을 비추던
하루는 저물고
저무는 속에
활활 타오르는 불길은
짚불처럼 사위어지니
사람들은 하루의 마감이다

이글거리던 태양
사람들의 적절한 하루의 경계
매듭을 위한 절제의 약속
아름답게 하루를 마감하고
내일을 위한 휴식
시간적 여유를 서로 갖는다

꿈같은 세상

침묵
그 침묵은 오래지 않았다
1925년 을축년(乙丑年)
하늘에선
칼날이 선 빛과 굉음
덩달아 흔들리는 지축
성난 아리수
물길을 잃어버린 강은
개벽이 된 대 홍수
육천 년 전 세상을 열었다

노천 가마터(露天窯)
빗살무늬 토기
세상모르게 묻혀 있었다
억겁의 세월 속
선사시대를 살아 온 궤적
육천 년 전을 발견하였지만
간밤 꿈 속 같은 세상
어쩌면 들춰내기 싫은 것이
문명을 모르는 선사시대
살아가는 모습을 그려본다

그냥, 한 줌의 바람

돌로 조각조각 다듬어진
오디오 원형극장의 고대 유적지
주름진 스피커는
오디오라는 음향기의 원조
현대장비가 없던 그 시절에 놀라고
이만 사천 명을 수용할
터키 에베소 야외공연장

관중 객석을 향하여
하늘 객석을 향하여
장대하고 웅장함이
물결처럼 퍼지는 그 소리들
소프라노 가수
조수미가 공연한 곳
전율을 느끼는 그 큰 울림

어디서 생겨난 용기일까
시 낭송을 위한 중앙무대에 섯다
서정주 님의 「푸르른 날」
자작시 「시월에」 두 편의 시 낭송
추억을 새겨 보는 영광 속
고대도시 유적지는 영원하지만
그냥 한 줌의 바람이러니

선택은 한 표

저마다 고운 색으로 단장이다
○○대 국회의원 후보군
4·15 총선은
서로는 자기가 잘났다고
저마다 달콤한 말잔치

공약한 말대로 한다면
어느 누가 정치를 해도
국민들 모두가 따를 것이며
나라가 잘될 것이라
한 올 한 올 걱정도 없었지요

저마다 착하다 뽐냈지만
각 지역에서
나머지는 버리고
그 중에 제일 착한 꽃
한 개만 선택 되는 것이다

4부

오솔길 산책

여기 저기 저기 여기서
시원한 바람이 일어나
도란도란 속삭이듯 들려오는
잎새들의 달콤한 스킨십
초록들은 이슬 머금고
청계 저수지를 보니
넉넉한 마음에 힘이 솟는다

초당의 터

―박종선 님의 집짓기

귀한 외아들 사랑
부친께서
이 터를 물려주신 것이다
그 유훈에 따라
울안을 다독다독 다지면서
길지의 땅을
감사하게 마름질 합니다

나랑, 한자영
하나하나 벽돌을 쌓으니
갖춰지는 보금자리
우리의 쉼터 둥지에서
어우렁 더우렁
늘 푸른 상록수처럼
행복을 만들어 갑니다

도리깨

눈곱만큼 피도 눈물도 없이
냉기서린 야멸찬 표정 지으며
콩대를 짓이기며
너덜너덜 할 때까지
후려쳐야 되고
힘을 다하여 내려쳐야 산다

보릿대 짝사랑인가
도리깨로 뒤적이며 확인하고
으쌰! 으쌰!
비지땀에 도리깨 장단
헝클어져 너덜너덜
그 밑에는 알곡들이 쌓여 간다

을사늑약(乙巳勒約)

암울하던 1900년대 초
조선의 운명을 어찌하랴
바람 앞에 촛불이라
군주와 대신들을
일본은 총칼을 앞세워
겁박으로 회유, 유린하고
살아가는 터전을
군화발로 짓밟는 금수강산

촛불은 힘이 없다
주권을 잃은 채
질긴 연명줄 맘대로 못하고
지푸라기라도 잡는 심정
우리 땅에서
맘대로 할 수 없다는 것은
우리 선조님들은
분통을 누구에게 원망하랴

동인의 모임

함께라서 좋다
인연과
인연들이 어우러져서
문화 예술을
공유할 수 있어서
친구와 선·후배를 떠나
공감할 수 있어 좋다

함께라서 좋다
문학이라는 공통점이라
더 좋을 수 있을까
'윤주상' 탤런트
그냥 사람들이 좋고
잘 나가는 배우라서
좋은 건 더더욱 아니다

연극 1막과 2막

한 솥 밥은 아니래도
한 지붕 아래서
주어진 일이 다르고
현장이 달랐지만
서로가 생각을 공유하면서
행동으로 한 마음
옛 두레정신을 받은 것처럼
무언의 일사불란이었다

모두는
어느 날 정년이 다가왔다
세대의 차이는 있지만
사무실이 다르니
생활방식들이 다르고
생각이 구구각색이다
그래서일까
목소리들이 카랑카랑하다

인생의 2막이 생방송이라
울렁증인 탓인가

마중길

전주역 앞
마중길 백제대로
꽃심이
찐하게 물씬 묻어나고
친화가 묻어나는
전주 한옥마을
전주의 비빔밥
음식하면 전라도의 전주
한지와 부채가 숨쉬고
전국에서 명창을 배출하는
전주 대사습놀이
이곳이 자랑스러운
한바탕 전주

어우러지는 콩나물국밥에
빛 좋은 곡차를 즐기고
마중길을 휘적휘적 걸어본다

고향의 까마귀님들
−재경 아영 향우회 정기총회에서

11월의 중순
잎새에도 저마다 농익어
단풍도
훌쩍이는 가을 끝자락
추적이는 빗속인데도 불구
향우들을 찾아서
그 꽃들을 보고픈 마음에
설렘 속 가벼운 걸음
고향에 이웃들이 모였다

고향의 꽃
부끄러움도 잊은 채
마냥, 그저 반가워서
벙그러지는 입을 어찌하랴
큰 꿈을 안고 고향을 떠나
파노라마와 같은 수도권 삶
재경 아영 향우들은
서울 종로 파노라마에서
그동안의 안부를 물어 본다

사과 잎따기

지리산기슭 아영 언덕
팔월의 염천 지절에
땡볕은 폭우가 되어
쏟아지는 시인 사과농장
등줄기 땀은 후줄근한데
열여섯 명이
외국인들과 손을 맞춰야 한다

제거되어야 하는 잎
어떤 작용하는지 설명은 그렇지요
주렁주렁 푸른 사과
외국인들과 호흡을 맞추며
사과 주변에 잎을 솎는
예쁜 사과 만들기 위한 단순 작업이다

이국인(異國人)도 아리 짐작은 하겠지만
수반되는 작업 중
서로는 의사소통을 위하여
몸짓, 손짓, 눈짓,
답답한 몸 개그 총동원인데
사과는 수줍게 물들어 갈 것이다

살기 팍팍했다

1960년대
국민들은 너무나 춥고 배고팠다
공산품이라야 수공업에
의존하는 1차 산업
그것도 가벼운 소모품
비에 젖거나 열에 약한 것 들이고
농민은 비료가 절대 부족으로
동물들의
배설물에 의존하던 시절

일인당 국민 소득은
백 불도 안 된 후진국 수준
문맹률 높은 부모 세대
농사일과 육아 담당 낮은 진학률
나라에 돈이 없어서
학문에 눈을 뜬 당시의 엘리트
간호사와 광부로 독일에 파견된 용역
남해의 독일마을이 된 것이다

독도는 우리 땅

동해바다의 촛불
외로이 떠 있는 섬
독도라고 부릅니다
망망대해 홀로 서 있으니
섬나라 일본은
표류한 선박으로 착각하여
혼돈에 빠져있습니다

우리는 서로가 의지하는
동도(東島)
서도(西島)
일본은 꿰어 맞추면서
자기네라 억지를 부리지만
엄연한 대한민국 영토

쓰시마섬
부산에서 가까운 대마도
대한민국 섬일까
나는 역사는 무식이기에
역사 지리학적으로
대한민국 영토인 듯합니다

어느 모임

무척 오랜만이다
몇 년 전에 모임을 가졌지만
살고 있는 지역이 다르고
각자 각자 분산되어 살며
생각이 또 다르니
빗겨가는 만남은
어쩌면 당연한 것이리라

세월은 흐르고 있다
측은지심 속
세상을 산다는데
들판에 홀로인 것 마냥
외로움이 있었지만
형제들을 만나니
반가운 눈빛들인 것이라

농심가든 1박 2일은
국민경제
농심가든의 매출이 좋다
가슴이 두근거릴 때
자주 만나자는 하이파이브
오늘 만남도 먼 훗날
추억이 되는 것이리라

오솔길 산책

자연에 순응함이라
혼자이기에
외로워 보일까 하는 생각이겠지만
잠시 일상을 벗어나
나만이 갖는 여백
세상 모두를 갖는
행복감은 가슴 가득 채워지고

언덕에서 반기는 손짓
진달래
벚꽃나무 굴참나무
향기 진하게 날리던 아카시아
손길 없이도 저 홀로
아름답게 피어나는 야생화
숲에서 보물들이 반긴다

여기 저기 저기 여기서
시원한 바람이 일어나
도란도란 속삭이듯 들려오는
잎새들의 달콤한 스킨십
초록들은 이슬 머금고
청계 저수지를 보니
넉넉한 마음에 힘이 솟는다

곡차

오묘한 세상
훌훌 털어 버리고 싶은 것이다
노곤함이 몰려오면
"파란 병에 하얀 위장약"
낯설지 않다 어디선가 들어본 이름
가끔은 네가 보고 싶다

저마다 예쁘게 살지만
독선으로 뭉뚱그린 그 아집 속
힘주어진 말에 붉어지는 얼굴
도드라지는 목줄
갈라지는 목소리
많은 시선들이 모이고
이전투구로 산만해지고 있다

어쩌면 그는 내 마음을
그리도 잘 읽는지
너는 빛깔로 얘기할 뿐 말이 없잖아
벅찬 기쁨이면
마음에 목무등을 태워 설렘 주었고
어깨에 힘이 솟는 응원가로
신명나게 하는 하얀 위장약이다

위장(胃臟)

간밤에 나는
그 사람에게 많이 시달렸다

간만에
반가운 친구를 만났다며
빈속인데
싸한 소주를 들이더니
정신을 못 차리게
맵고, 짜고, 뜨거운 국물이랑
쉼 없이 들어왔다

얼큰하고 시원타!
친구의 맞장구에 더 시달렸다
그 사람은
덩달아 신나게 놀더니
술에 취하여 코를 드르렁이며
생각과 품위를 잊은 채
널브러져 자고 있다

나는
밤새 분해하느라 힘들었다

복숭아

나는
그의 가문을 좋아했다
꽃을 피우면
향기가 온 동네에 퍼지고
인근 고을이
화사하게 밝습니다

복숭아가 익어갈 쯤
볼그레한 얼굴
그녀는 더욱 아름다워지고
우윳빛 피부는
얼마나 곱고 고운지
밝은 모습이 참 좋습니다

박수 칠 때 떠나라

한 올
아쉬움의 미련도 없다
공익적 가치에서
빚을 진 것도
받아야 할 것도 없고
계산할 것도 없으니
홀가분하다

살다 보면
발을 들여놓을 것인지
말 것인지
사는 게 조심스러운 것
아쉬워 할 때
떠날 수 있어 좋고
박수 칠 때가 좋다

쉴 곳은 어딘가

큰 건물 옆 모퉁이
'화이트칼라' 무색하다
나의 쉴 곳은 어딘가
손끝에는
모락모락 구름과자
꿈을 만들어 날리고 있다

선택 되었던가
문 밖으로 퇴출은 아니라지만
간접흡연도 싫어하는
공간을 찾아서
나의 긴장을 풀고자 함이다

옆 건물에도 색다른 제복이
요즘 세태를 반증하는 풍경인가
건강과 문화의식
뉘라서 뭐라 간섭을 할 건가
담배연기가 자욱하던
먼 옛날 사랑방이 생각난다

홍익인간

한 땀 한 땀
함께 어우러지는 백성
백의민족 순백한 마음은
단군으로부터
홍익인간의 숙명입니다
씨 뿌리어 농사 짓던 농경사회
순박하게 살아온 민초들
큰 뜻 큰 명분 지키며
불의에 굽힐 줄 모르는
한겨레 한민족입니다

찬바람 불어도
섣불리 움직이지 않는 큰 나무
땅심을 돋워
오르는 가지가지마다
틈새 없이 깊은 뿌리 내리고

푸른 깃발 촘촘히 채워
전국 방방곡곡,
온 누리에 태극기 휘날리며
백의민족 큰 사랑은
너른 포용으로 감쌉니다

어디에 쓸 것인가

나는
철강을 달궈서 만들었다
등은 무디지만
앞은 예리하고
끝은 뾰쪽하나
생활 속 비품이다

나는
부모님 은혜로 태어났다
주관적 생각이지만
머리는 맑음이고
사지가 멀쩡하니
사람의 무늬는 확실하다

나는
흔적을 어떻게 남길 것인가
지혜로운 생각일까
이기주의 생각일까
선과 악 두 갈래인데
선택의 다름을 생각한다

터를 세우다

남쪽에는 어머니의 지리산
서쪽에는 여유로운 덕유산
동쪽은 옥토의 젖줄 청계저수지
바람이 쉬어가고 산새도 쉬어가는
산자수명(山紫水明) 청계리 탕곡(湯谷)
오씨(吳氏)들의 청정한 마음이어라

어느 문안보다 반 발짝 앞선 선각자의 큰 뜻
1976년 류정순(柳貞順) 종부(宗婦)의 정성
오수록(吳守祿), 점록(點祿), 인록(仁祿) 묘원을 구입하여
흩어져 계시던 선조님들
한 울안에 모시어 음향(飮饗)을 이루시니
더할 수 없는 그 기쁨이라

귀은공(歸隱公) 할아버지 단종폐위 세조와 생각이 다르기에
운봉에 뿌리 내리셨으니 청계리 종손(宗孫)
오 한출(漢出)을 중심으로 산소를 돌보던 일가들
선조의 음덕으로 묘원을 조성하니
그 후손의 복덕이라 아니하리야

—2014. 4. 5. 후손 점록

담쟁이 넝쿨

탯줄에서 주어진 운명일까
나의 순백한 사랑은
처음부터
담장을 향한 큰 뜻
굽일 줄 모르는 생각입니다

표정 없는 그 마음에
내 마음 모를까
오르는 가지가지마다
곳곳에 뿌리 내리고
촘촘한 그물로 채워 갑니다

목석같은 그 가슴에
에메랄드 사랑을 지피고자
나는 땅심을 돋구어
따북따북 영역을 늘리면서
푸른 깃발을 꽂아 갑니다

오월의 여인

들뜬 마음은
연두색으로 벅찬 숨소리
산이야!
쉼 호흡으로 목청껏 불렀습니다
다듬어서 불러 보아도
응답하는 메아리가 반갑습니다

다스리지 못하는 마음
그 푸르름에 나는 묶이고
태산의 무게보다
이 중압감을 감당치 못하고
제동장치가 풀린
꺾지 못할 브레이크입니다

신앙의 힘도
정치적 이념도 아닌
덧셈, 뺄셈의 공식은 더더욱 아닌데
오직
오월의 산을 바라보니
세상을 다 얻은 기쁨입니다

월매의 딸

은색 달빛이
부서지는 남원 광한루
옷섶을 스쳐가는
소소한 바람에
수양버들 찬 기운이다

연못에 잠긴 달
서울 간 도련님인가
외롭게
흔들리는 그림자에
눈물 짓는 춘향이

풍경이 머무는 원두막

지리산 기슭 남원 아영 땅
굽어 내려다보니
정원으로 다음어진
초, 중학교와 면 소재지 마을
산으로 둘러진
시선의 끝이 지역 경계선이어라
동쪽은 경상남도 함양
서쪽은 전북 장수군
남쪽이 지리산 천왕봉이다

낮은 언덕의 시인농장
사월 중순이면
붉은 꽃망울이 활짝 퍼지고
하얀 꽃 햇살 받아 눈부신데
연두색 물드는 오월은 천국이어라
구월 초순의 그 절정,
주렁주렁 익어가는 사과꽃 속
곡차로 목축이며 세상 사는 이야기에
웃음은 원두막을 쩡쩡 울린다

중등 입시 경쟁

흰 눈이 내리던 날
중학교 입시시험
시오리 신작로
종종 걸음으로 한 시간 길
주어진 칠십 년대의
사는 게 그 자갈길

진학도 어려웠던
중학교 입시경쟁
동생의 실력을 가늠 못하니
맘 졸여 전전긍긍
입학식날 맛이 좋았던
짜장면 추억이다

*중학교 무시럼은 1969년에 시행되었다

지리산 반달곰

나를, 알아보겠니
친구들아!
지리산은
삼도 오군(三道 五郡) 계곡들
저마다 뽐을 내지요
자애로운 어머님 품안에서
청산의 고마움 속
위대한 자연을 지키는 파수꾼
난, 지리산 반달곰이지요

비지땀과 숨을 헐떡이며
오르는 해발 1,915m
위대하고 자랑스러운 천왕봉
발아래 펼쳐진 운무의 장관
바람이 부는 대로
비가 오는 대로
눈 내리면 더욱 즐기면서
지리산을 지키는
우리는 반달곰이지요

천혜의 섬진강

순박한 강
섬진강 이름도 아름답다
소리 없이 흐르는 저 강물
샘물로 시작한 작은 물줄기는
곡성의 풍요로운 젖줄
음전한 강물은 물길 따라
남으로 남으로 향한다

서두름이 없는 저 섬진강
어느 곳을 향하여
누구에게 어디로 가는가
부드럽게 숨 고르며 흐르는 강
잉태를 위한 늘 푸른
유아독존이 아닌 향유를 즐기며
남도의 수맥 쉼 없이 흐른다

천혜의 경관 섬진강
나의 스승이듯 우러러 본다
강물이 흐른다
신작로에 자동차가 흐른다
강을 따라 기차가 달린다
남도의 보물 우리의 명품
강물 따라 나도 흐른다

청남대에서

대청호 배경이다
제왕들의 호사한 왕궁별장
군부의 독재 겁박으로
흔적들은 독선의 결과물인데
어쩌랴 민주화 열망
숨결과 맥박이 멎는구나

청남대를 돌아보니
존경할 수 있는 분은 얼마일까
국민의 잣대들은
저마다 모두 다르겠지만
주어진 제왕적 권한은
나라를 앞세워 독선에 합리화다

문란한 하극상은
새로운 정권을 탈취하면서
승자의 합리화로
짧은 역사의 그림을 그리고
민주화를 짓밟았지만
화무도 열흘, 권세도 그렇다

아! 사월이다

찬 비가 그친 아침
과원을 돌아보니 온통 파랗다

어제 해질 무렵
댓잎을 흔드는 요란함 속
돌풍이 수선을 피우더니만
토방에 젖어든 빗물
조용하였던 대지
번쩍하는 섬광에 놀랐을까

거친 돌풍의 비
초록들은 놀란 봄이다

빈 깡통

한때,
참사랑을 귀하게 받았었다
텅 빈 것이라지만
내게 발길질로 뻥뻥 차며
분풀이 하지 마라

알맹이가 떠나간 후
지금
속은 텅 빈 듯하지만
허공을 깨우면서
끈을 놓고 수행하는 중이다

참! 고놈 단장하니 예쁘다

엉클어진 머리
너풀거리며 시야를 가렸다
명절이 코 밑이라
객지에서 고향 찾아올 텐데
제 머리 못 깎듯이
염려 속 수 삼 일을 보냈었다

이제 스스로 못하는데
많이 초빙된 조발사
현장의 도움도 더 고맙지만
예쁘게 손질할 수 있도록 챙겨 주는
믿음직한 큰 놈이 있다는 것을
누군가에게 말하고 싶다

색다른 고자질

친구는 쑥스러운지
내게만 귀띔하듯 전한다
눈빛은 반짝반짝
사안이 진중하고
뉘 아무나 실천하지 못할
내용에 깜짝 놀랐으니
무거웠던
입술이 벙그러진다

과정을 들어보니
놀랍고도 자랑스러운
훌륭한 선행실천이 아닌가
왁자한 구전으로
고자질을 자랑스럽게 한다
공익적 바이러스
온 세상에 번진다면
길을 밝히는 등불인가 싶다

자랑스런 퇴임은

자랑스러운 퇴임이다
오랫동안
젊음을 불태웠던 일터에서
동료들과 밥 한 끼도
따뜻한 이야기도
나누지 못한 채
죄짓고 쫓겨나는 것 마냥
보따리 싸서
야반도주 꼭 그 모습이다

코로나 19 세상
생각지 못했던 삼 년 차이다
모임도 네댓 명의 제한 속
무슨 죄가 많아서
어디를 가더라도
출입에 신원을 인증, 기록하고
밤 아홉 시면 문을 닫는 세상
끝나지 못할 삼십 개월
덜컥, 세월이 간다는 염려다

풍경이 머무는 원두막

오점록 지음

발 행 처 · 도서출판 **청어**
발 행 인 · 이영철
영　　업 · 이동호
홍　　보 · 천성래
기　　획 · 남기환
편　　집 · 방세화
디 자 인 · 이수빈 | 김영은
제작이사 · 공병한
인　　쇄 · 두리터

등　　록 · 1999년 4월 30일
(제321-3210000251001999000063호)

1판 1쇄 발행 · 2022년 5월 20일

주소 · 서울특별시 서초구 남부순환로 364길 8-15 동일빌딩 2층
대표전화 · 02-586-0477
팩시밀리 · 0303-0942-0478

홈페이지 · www.chungeobook.com
E-mail · ppi20@hanmail.net
ISBN · 979-11-6855-021-6(03810)